BOURBONNE

ET

SES EAUX FROIDES.

CHAUMONT, IMPRIMERIE CHARLES CAVANIOL.

S. VITREY

PHARMACIEN A BOURBONNE.

BOURBONNE

ET SES

EAUX FROIDES

CAUSERIE

CHAUMONT

TYPOGRAPHIE ET LITHOGRAPHIE C. CAVANIOL

1865

BOURBONNE

ET

SES EAUX FROIDES.

« Non est bibendum! »
HORACE.

On a vu paraître successivement, à Bourbonne, une grande quantité de brochures, de mémoires qui traitent, avec plus ou moins de valeur scientifique, de nos eaux thermo-minérales, de leur composition chimique, de leurs applications médicales et de leurs effets consécutifs.

Les remarquables travaux de M. le docteur Cabrol, médecin en chef de l'hôpital militaire, ses écrits marqués au coin du vrai talent, et les améliorations sérieuses et effectives qu'il a apportées dans l'organisation balnéaire, ont donné une impulsion puissante à des études collectivement caractérisées, faites à diverses époques, par feu M. le docteur Henry, de savante mémoire, et par nos amis Tamisier, Athénas, Pressoir et Causard-Girardot, — *quorum pars fui.* —

Quant aux modifications urgentes, que le concours de nos administrations municipales aurait pu certainement provoquer en faveur de l'Etablissement des Bains civils, nous aurons le courage de dire, que cet état précaire est, à nos yeux, la conséquence naturelle, fatale, de ces vieilles idées, propagées par l'impéritie, qui ont éloigné, pour toujours, de Bourbonne, le *Chemin de fer de Paris à Mulhouse.*

Tout le pays et principalement la génération actuelle, qui comprennent cette faute capitale, absoudront bien difficilement les hommes qui ont osé nous frapper d'un tel désastre, qui n'ont pas craint d'anéantir dans son germe notre avenir industriel et agricole, et dont les inspirations étroites sont toujours tombées à Bourbonne, dans d'éclatantes erreurs !

Au milieu des projets administratifs, condamnés aujourd'hui par l'opinion, à Bourbonne, je prendrai naturellement à partie celui que ma profession m'autorise à étudier.

C'est la question palpitante de la saison.

Je veux parler des nouvelles fontaines de la ville, et de la valeur intrinsèque du liquide précieux qu'elles *devraient* nous fournir.

Tout le monde sait qu'en France, l'impôt n'est pas une chimère, et c'est pour empêcher, dans la mesure de nos efforts, cette grosse réalité d'enfanter encore, à Bourbonne, quelques centimes additionnels, sous forme d'octroi, de retrait d'affouage, etc., que nous prenons la plume pour dire à nos concitoyens intelligents :

L'heure va devenir propice pour désavouer comme nous les projets ruineux, improductifs par leur nature, d'un entretien écrasant pour nos finances modestes, et beaucoup mieux applicables à des cités de 60,000 âmes, qu'à notre petite ville.

J'arrive maintenant au vif de la question, et je répète qu'on

a tout dit sur nos *eaux thermales,* et que presque rien jus-
qu'ici n'a été imprimé sur nos *eaux froides,* à part ce spirituel
feuilleton de M. Athénas, le rédacteur en chef du *Progrès,*
qui a soulevé naguère tant de clameurs intéressées.

Je déclarerai d'abord, pour détourner toute assertion ca-
lomnieuse et pour circuler librement dans l'arène de la discussion, que je suis parfaitement indépendant dans mes allu-
res d'écrivain d'un jour, et que n'ayant jamais appartenu à aucune coterie, je désire ardemment la prospérité de mon pays ;
je cherche purement et simplement à éclairer, en ce qui
me concerne, et mes amis d'enfance, et mes compatriotes.

Je m'essaierai donc à juger cette question des fontaines, au
point de vue analytique, le seul que des études spéciales me
permettent d'aborder à cette heure.....

L'eau est la boisson la plus ordinaire, la plus saine, la plus
indispensable de l'homme et des animaux.

Tout le monde connaît son emploi économique.

Elle sert de véhicule pour la cuisson d'un grand nombre
d'aliments, pour la préparation des bouillons, des tisanes ;
prise seule et froide, elle rafraîchit, calme la soif, aide à la
digestion, quoique chez certains individus elle soit sujette à
peser sur l'estomac, et qu'alors elle ait besoin d'être rendue
plus stimulante, par l'addition de quelques spiritueux, du vin
surtout, dans la proportion d'un tiers, par exemple.

Elle sert non-seulement à délayer les aliments, mais à réparer les pertes causées par la transpiration et par les autres excrétions.

Elle nourrit réellement, puisqu'elle prolonge les jours des malheureux privés de toute autre substance alimentaire.

On connaît d'ailleurs sa puissance nutritive pour les végétaux et pour certaines classes d'animaux.

Trop froide, elle peut offrir des dangers.

Tiède, elle excite des nausées.

Chaude, elle porte puissamment à la transpiration.

Glacée ou bouillante, elle sert à communiquer à d'autres corps son maximum ou son minimum de température.

Enfin, réduite en vapeurs, elle prend un volume 1700 fois plus considérable, disent les physiciens modernes ; de là son emploi si fécond en applications industrielles, mais toutefois si dangereux, comme force motrice dans les arts mécaniques.

L'eau a été regardée de toute antiquité, comme utile à tous les individus, à tous les âges, dans toutes les conditions, comme un préservatif assuré contre tous les maux, surtout contre la goutte, les maladies nerveuses, les engorgements viscéraux, etc., comme propre, par conséquent, à prolonger les jours et à préserver des infirmités de la vieillesse.

Les médecins grecs, arabes, Hippocrate, Galien, Celse, Avicenne, Averrhoès, en ont célébré les vertus médicales, dans les maladies aiguës, et des auteurs beaucoup plus modernes, Hoffmann, Smith, Lanzoni, etc., ont réuni les exemples de ses succès.

Dans les embarras des premières voies, dans les suites d'indigestion, dans les irritations gastro-intestinales, l'eau prise à dose modérée, est souvent utile comme simple délayant, agissant mécaniquement en quelque sorte, pour débarrasser la surface muqueuse des matières inalibiles qui l'irritent et pour en prévenir l'absorption.

Prise à grande dose tiède — une à plusieurs bouteilles — elle provoque le vomissement, et convient mieux que les vomitifs proprement dits, aux individus débiles.

Souvent il suffit de quelques verres d'eau froide pour calmer un hoquet importun, pour modérer le sentiment de chaleur des entrailles qui accompagne ces affections, pour nettoyer la bouche et faire renaître l'appétit.

Quelques personnes sont dans l'usage, en se couchant, de prendre, au lieu d'aliments, un ou deux verres d'eau froide, et Clauder, médecin d'Altembourg, l'indique comme un bon moyen de remédier au désir immodéré des boissons spiritueuses.

Smith dit avoir expérimenté sur lui-même que deux ou trois pintes d'eau froide adoucissent beaucoup le chagrin le mieux fondé.

On l'a souvent employée en affusions, en douches, en bains contre la manie et la mélancolie avec penchant au suicide.

Dans les syncopes, les asphyxies, l'usage de l'eau froide, en aspersion d'abord, puis en boisson, est vulgaire et assez efficace : on le trouve même mentionné dans le poème de Lucrèce (*De natura rerum*), comme remède de l'asphyxie par la vapeur du charbon.

L'eau a été regardée, de tout temps, comme un bon préservatif de la goutte et des rhumatismes, et l'on rapporte des exemples de goutteux, guéris par le seul usage de l'eau froide.

Le bain froid, ou même le simple lavage des mains dans l'eau froide, a été indiqué comme un remède contre l'ivresse.

Les buveurs d'eau mangent ordinairement beaucoup, digèrent bien, et parviennent à une grande vieillesse, exempts des infirmités auxquelles sont sujets les autres hommes.

Il en est néanmoins de l'eau comme des autres choses les plus salutaires ; elle fait du bien tant qu'on en use sobrement, et devient nuisible dès qu'on en abuse.

L'eau, bue avec excès, ainsi que l'a remarqué Hippocrate, occasionne quelquefois l'hydropisie.

Elle produit des maladies aiguës de poitrine, telles que la pleurésie et la péripneumonie, lorsqu'on a l'imprudence d'en boire pendant que le corps est échauffé et en sueur, parce qu'elle détermine brusquement le refoulement des forces vers l'intérieur, et provoque un surcroît d'activité dans les poumons.

C'est la cause occasionnelle de la plupart des maladies qui exercent les plus grands ravages dans les armées, parmi les gens des campagnes et les artisans.

On préviendrait aisément ces accidents redoutables, si l'on avait la sage précaution de ne se désaltérer qu'après quelques moments de repos, durant lesquels le corps se serait rafraîchi et aurait repris son état naturel.

Il est préjudiciable à la digestion, de boire beaucoup d'eau immédiatement ou peu de temps après le repas.

Rien ne contribue plus à la conservation de la santé, que l'usage *des bonnes eaux*, comme rien n'est plus capable d'altérer l'organisme que celles qui sont de *mauvaise qualité*.

Les Romains n'épargnaient ni dépenses, ni peines pour

se procurer *des eaux saines :* souvent même, lorsque le pays n'en possédait pas de semblables, ils en faisaient venir de fort loin, au moyen d'aqueducs qu'ils construisaient à grands frais, tant ils étaient persuadés de *l'utilité, de l'importance de se procurer une boisson salutaire.*

Il est à désirer que, dans tous les pays, l'indigent à qui la cherté du vin ne permet pas de réparer, par l'usage de cette liqueur, ses forces épuisées par des travaux pénibles, et souvent exagérés, ne rencontre pas, dans des *eaux impures et malfaisantes,* le germe de la destruction.

L'eau la plus convenable doit être limpide, diaphane, légère à l'aréomètre ; elle ne doit pas produire un sentiment de pesanteur dans l'estomac ; elle doit être sans couleur, sans odeur, sans saveur sensible, agréable au goût. Elle doit s'échauffer promptement et se refroidir de même, dissoudre aisément le savon, cuire et amollir les légumes.

Une eau qui possède ces qualités, ne donne à l'analyse chimique que très-peu de matières hétérogènes.

On reconnaît encore, *a priori,* qu'une eau est bonne, lorsque sur les rives de la fontaine, du ruisseau, de la rivière, il ne croît ni joncs, ni mousse, ni aucune plante aquatique ; lorsqu'elle sort de la fente d'un rocher, claire et limpide, et qu'elle coule sur un lit de sable, sans bourbe, sans sédiment, ou sur un cailloutage bien net, *comme à la source de Beauregard,* par exemple.

Enfin, quand on voit les habitants d'un canton conserver les dents blanches et n'être pas sujets aux maladies de la peau, c'est un indice qui doit faire juger favorablement des eaux qu'on y boit.

A Bourbonne, les trois quarts des jeunes femmes ont les dents compromises, et l'on peut dire plaisamment que « *les meubles de leur palais sont fort délabrés,* » grâce à la quantité énorme du sulfate calcaire renfermé dans nos eaux domestiques.

Cette substance minérale se dépose sur la région alvéolaire de la dent, et détermine lentement la carie avec des douleurs périodiques si intenses qu'elles arrachent des cris aux plus braves de ces dames.

Lorsque la force des choses oblige à faire usage d'eaux notablement impures, on doit les *corriger* par l'addition d'un peu de vinaigre, de jus de citron, ou de sucre, et surtout de vin ou d'alcool.

On peut dire que l'usage des boissons alcooliques est utile, surtout dans les climats chauds, pour soutenir les forces et empêcher la distension, le relâchement, la laxité trop grande des fibres musculaires ; mais dans les pays tempérés et les climats froids, l'usage habituel de ces boissons *pures* ôte plus de force qu'il n'en donne, à de très-légères exceptions près, témoin les habitants des campagnes bien plus robustes que les citadins, quoique ceux-là ne boivent que de l'eau ; témoin surtout les Turcs, les plus vigoureux des Européens, à qui le Coran défend, comme on sait, de boire des liqueurs fermentées.

Les femmes boivent moins que les hommes, surtout de boissons alcooliques, sans doute par suite de leur volume moindre, qui exige moins de réparation, de même qu'elles consomment moins d'aliments, parce qu'elles ont des organes moins actifs, des besoins moins vifs, moins impérieux que les nôtres.

Ces considérations générales sont basées sur des expériences qui ont pour elles la sanction rigoureuse des savants de toutes les époques, et ces théories éminemment utilitaires sont à l'abri de l'usure du temps et de la torche incendiaire des systèmes.

Cela étant admis, nous entrons résolument dans le domaine de la chimie pure, et nous disons que les *eaux potables* contiennent le plus communément :

1° De l'air très-oxygéné dans le rapport de $\frac{1}{100}$ à $\frac{5}{100}$ de leur volume. Cet air s'en dégage à zéro du thermomètre de Réaumur ou à 40° du thermomètre tétracentigrade de notre illustre compatriote, M. Walferdin ;

2° Du gaz acide carbonique dont la proportion est variable ;

3° Divers sels tels que
- le sulfate de chaux,
- le bi-carbonate de chaux,
- le chlorure de sodium,
- le chlorure de calcium,
- le chlorure de magnésium.

Généralement le poids total de tous ces sels ne dépasse guère 10 à 20 centigrammes par litre (1).

4° Enfin, des traces, des proportions très-faibles de matières organiques. Ces substances réunies ne forment guère que de $\frac{1}{10,000}$ à $\frac{1}{1000}$ au plus du poids du résidu fourni par l'évaporation.

---

(1) L'eau de Montlétang donne un résidu de 40 à 45 centigrammes par litre. C'est plus du double de la moyenne laissée au creuset par les eaux potables. Cette seule expérience condamne cette eau calcaire même dans l'esprit des personnes étrangères à la chimie. J'en appelle à tous les hommes de bonne foi !

Ces eaux conservent leur limpidité, malgré l'ébullition ; elles doivent *bien dissoudre le savon* et *bien cuire les légumes.*

La source de Beauregard et ses sœurs de la même forêt, si bien connues à Bourbonne, peuvent être considérées comme le type des eaux potables accessibles à nos besoins, et par leurs propriétés chimiques, et par leur situation à un degré d'altitude qui permet de les amener dans nos maisons, sans l'intermédiaire onéreux d'une machine à vapeur.

Au contraire, dans une *eau lourde ou crue,* on trouve des quantités exagérées de bi-carbonate de chaux, et de chlorures alcalins, ou bien encore des quantités très-fortes des autres sels. Souvent elles renferment beaucoup de matières organiques, elles se troublent presque toujours par l'ébullition, et produisent beaucoup de grumeaux en dissolvant le savon.

C'est le cas de l'eau actuellement débitée par les tuyaux que l'administration municipale vient de faire établir dans nos rues, à si grands frais.

Voici comment s'explique le phénomène chimique de l'insolubilité du savon dans l'*eau lourde ou crue.*

Le savon est une véritable substance saline, composée par la réunion de deux sels qui sont l'oléate et le margarate de soude.

Ces deux sels sont solubles dans l'eau de pluie.

Quand on verse de l'eau de savon dans de l'eau qui contient du sulfate de chaux, il se produit une double décomposition : l'acide sulfurique du sulfate de chaux s'empare de la soude de l'oléate et du margarate et forme du sulfate de soude soluble les acides oléïque et margarique, restés libres alors, s'unissent à la chaux qui a été abandonnée par l'acide sulfurique, et forment de l'oléate et du margarate de chaux insolubles qui se précipitent dans l'eau en formant des grumeaux blancs qui troublent ce liquide.

Conséquemment, par l'emploi ordinaire de l'*eau calcaire*, il faut une *quantité de savon plus considérable* pour arriver au même résultat qu'avec de l'*eau de bonne qualité* : car avant de dissoudre les impuretés du linge, le savon est d'abord décomposé par les sels de l'eau calcaire, en sorte que les ménagères et les lavandières font, sans s'en douter, double dépense : la dépense du savon nécessaire à purifier l'eau d'abord, puis celle du savon qui doit débarrasser ce même linge des matières étrangères, si l'on suppose toutefois que l'eau ne soit pas renouvelée ; car une *eau courante calcaire* précipiterait tout le savon, et n'enlèverait au linge que les impuretés qui sont naturellement solubles sans l'intervention du savon.

Cette remarque ne se trouve consignée dans aucun traité de chimie et je la revendique comme une observation personnelle. *Un hectolitre d'eau de Montlétang consomme 400 grammes de savon en pure perte.*

Quant au durcissement des légumes sous l'influence de l'*eau sulfatée calcaire*, il est dû, suivant M. Braconnot, à la combinaison du sulfate de chaux avec un des principes immédiats des légumes eux-mêmes.

Comme nous désirons élucider cette question si importante des *eaux froides* à Bourbonne, nous allons indiquer par quelle série d'opérations on peut, avec l'aide de quelques réactifs, concevoir une idée approximative de la nature d'une eau quelconque, sans avoir recours à une analyse complète.

Afin qu'on puisse contrôler nos assertions, voici la marche à suivre la plus élémentaire.

Messieurs les membres du Conseil municipal de Bourbonne pourraient facilement l'adopter, pour se former, en définitive, une conviction sérieuse sur la valeur réelle de l'eau que M. le Maire daigne offrir à nos besoins.

Quant à nous, nous supposons que le pharmacien qui a été officiellement désigné, à Bourbonne, pour cette analyse, a eu la courtoisie de satisfaire certaines préférences administratives et que ses investigations se seront légèrement ressenties du désir qu'il éprouvait sans doute de ne point trouver dans l'eau de Montlétang le sulfate et le bi-carbonate de chaux qui obstrueront tous les tuyaux de conduite avant dix ans d'ici ! (1)

Quoi qu'il en soit, ce chimiste s'est trompé et a

---

(1) M. le Maire de Bourbonne espère peut-être que dans le cas où l'eau de Montlétang laisserait des sédiments calcaires, on pourrait facilement les détruire par les agents chimiques. Je demande à mes lecteurs la permission de relater ici un fait personnel, où j'ai pu acquérir à cet égard des éléments pour une discussion complète.

L'année dernière, M. le Maire de Genrupt, ayant pris les ordres de M. le Préfet de la Haute-Marne, au sujet d'une fontaine établie vers 1830, qui ne fournissait plus assez d'eau pour la consommation du village, malgré l'abondance énorme de la source située à 800 mètres, et dont on ignorait le vice de fonctionnement, me fit l'honneur de m'inviter à rechercher avec lui si ce rendement insuffisant de la fontaine était dû à des concrétions calcaires ou à d'autres causes inconnues, telles que des solutions de continuité, provoquées par l'oxydation des tuyaux. Je fis immédiatement l'essai des réactifs sur quelques substances minérales calcarifères qui incrustaient l'orifice des griffons, et j'affirmai que j'avais affaire à du sulfate neutre de chaux insoluble, qui devait probablement oblitérer les surfaces cylindriques internes des tuyaux.

En présence du Conseil municipal, M. le Maire ayant ouvert la discussion, on décida qu'il serait trop onéreux de rechercher les fuites si elles existaient, parce que la levée de toute la conduite était nécessaire. Il n'y avait pas d'autre moyen, car dans le travail primitif, assez mal exécuté pour cause d'économie, on avait omis d'établir des *regards* le long du trajet de la source au village.

Ces messieurs adoptèrent l'essai que je proposai : c'était d'employer trompé toute la ville en lui disant : « Croyez-moi, et buvez de l'eau !! »

Je ne veux pas descendre des hauteurs où me place cette question vitale des fontaines publiques, question humanitaire, s'il en fut, car elle doit nous verser ou la vie ou la mort... et je n'exagère rien... écoutez plutôt : Si l'eau municipale gâte et détruit les dents, elle rend par là même les fonctions de l'estomac plus laborieuses, puisqu'il faut que l'estomac triture en quelque sorte lui-même les aliments trop peu divisés par l'appareil dentaire inhabile à remplir sa mission.

Mauvaises dents, mauvais estomac, mauvaise santé, vie misérable, et mort prématurée, voilà la déduction physiologique, voilà le syllogisme accablant à tirer de l'erreur de quelques hommes !...

l'acide hydrochlorique comme le moins coûteux et le plus avantageux, à cause de la solubilité du chlorure double de calcium et de fer qui devait se produire. Au jour fixé, chacun se mit à l'œuvre, M. le Maire ordonna d'épuiser le récipient, et quant tout fut agencé avec les précautions indispensables pour éviter les accidents, nous fîmes verser 300 kilogr. d'acide hydrochlorique dans un entonnoir qui aboutissait au tube conducteur. MM. les membres du Conseil municipal, qui remplissaient eux-mêmes avec un entrain fort intelligent, le rôle de préparateurs de chimie, se relayaient au milieu des fumées épouvantables produites par les vapeurs chlorhydriques. Bref, le succès dépassa nos espérances. Le lendemain la fontaine offrait un débit dix fois plus considérable qu'avant l'opération. Mais ici le problème était beaucoup moins complexe que celui qu'il faudrait résoudre à Bourbonne sur un trajet indirect et en lignes brisées, constitué par un réseau de conduites et par des embranchements très-multipliés. La production d'une énorme quantité d'acide carbonique, que je redoutais à Genrupt, mais dont la combinaison rapide avec l'oxyde de fer nous a sauvés d'une explosion meurtrière, cette production de gaz carbonique serait dangereuse dans les rues de la ville et compromettrait la vie des ouvriers. De plus, la dépense serait fort élevée et comparativement pourrait s'élever à une somme moyenne de 200 francs par an, ou 2000 francs tous les dix ans. A quoi bon cette nouvelle allocation qu'une bonne eau comme celle de Beauregard rendrait tout à fait inutile !

Ignore-t-on, d'ailleurs, ce que disent les grands médecins, que le sulfate de chaux assimilé par l'estomac rend les os plus fragiles et par là même les fractures plus difficiles à guérir?

Et la goutte, et les concrétions calcaires de la vessie, et les nodosités articulaires, et les rhumatismes dûs à la présence de la chaux qui prédomine dans l'eau de Montlétang. Qu'en dites-vous, Messieurs du Conseil municipal?

Et le goître, *le gros cou*, vous savez, cette difformité maladive qui enlaidit les dames, le goître que l'usage d'une mauvaise eau propage dans toutes les classes, riches et pauvres, le goître, affection éminemment héréditaire, qui donne à la taille des femmes une disposition vicieuse, rend leur intelligence obtuse et qui appelle fâcheusement vers la tête les congestions périodiques que la nature avait sagement destinées à servir d'autres organes devenus muets ou stériles! Si vous n'êtes pas médecins, vous êtes pères de familles et vous devez comprendre à demi-mot ce qui intéresse la santé de vos enfants et de leurs mères!

Quant à vous, Monsieur le chimiste administratif, retenez, s'il vous plaît, cet avis que je prends la liberté de vous donner en passant :

C'est que *la science*, Monsieur, est une austère maîtresse, à la beauté sévère et froide comme le marbre antique, qui veut que ses pâles adorateurs méditent longtemps à ses pieds, dans la poussière des académies, et qui n'accorde ses faveurs mystérieuses qu'aux intelligences bien trempées. Vous ne nous paraissez pas être son favori bien-aimé, Monsieur, et avant de nous transmettre ses oracles. vous ferez bien de chercher à lui dérober des secrets qu'elle vous cache encore!

Je reprends aussitôt l'indication des réactifs qui peuvent servir à l'appréciation approximative de la potabilité de nos eaux.

1° *La teinture alcoolique de la partie médullaire du bois de Campêche.* Le bois de Campêche renferme une matière colorante jaune, l'*hématoxyline*, qui, par son contact avec le bi-carbonate de chaux, devient violette. Une eau potable qui ne doit contenir que de faibles quantités de bi-carbonate de chaux, se colorera légèrement en bleu améthyste sous l'action de l'hématoxyline. Toute eau qui, dans ces circonstances, prendra une couleur violette intense, contiendra beaucoup de bi-carbonate calcaire et elle ne sera pas potable. Cette expérience est probante surtout lorsqu'on s'est assuré que l'eau n'est pas troublée par quelques gouttes de chlorure de calcium.

C'est le procédé indiqué par M. du Pasquier.

2° *Teinture alcoolique du savon.* Quand une eau ne renferme pas plus de sels calcaires qu'une bonne eau potable n'en doit contenir, elle devient opalescente lorsqu'on y verse quelques gouttes de dissolution alcoolique de savon amygdalin ; mais dès qu'elle contiendra $\frac{5}{10000}$ de chaux, peu importe sous quelle forme, elle donnera naissance à des grumeaux qui, en se précipitant, formeront un dépôt plus ou moins considérable. Ces grumeaux proviennent, nous l'avons déjà expliqué tout à l'heure, de la combinaison d'un des principes du savon avec la chaux, et ils constituent une sorte de savon insoluble, dépourvu de propriétés détersives. C'est encore la formation d'un composé insoluble — légumine et sulfate de chaux, — qui empêche les eaux séléniteuses de bien cuire les légumes ; cette inaptitude se manifeste dès que l'eau contient $\frac{8}{10000}$ de sulfate de chaux.

Ce procédé est celui de MM. Boutron et Boudet.

3° *Chlorure d'or.* Lorsqu'on fait bouillir pendant quelques minutes une centaine de grammes d'eau, où l'on aura versé assez de chlorure d'or pour donner à la masse une teinte jaune, cette teinte persistera si les substances organiques sont en très-faibles proportions. Dans le cas contraire, elle disparaîtra et passera même au vert, couleur due à la réduction du chlorure d'or, et à la mise en liberté de l'or à un état d'extrême division.

Ce troisième procédé est indiqué par M. Malaguti, doyen de la faculté des sciences de Rennes.

Les eaux douces renferment d'autres principes, tels sont l'ammoniaque et les azotates. La constitution géologique d'une contrée a, d'ailleurs, une influence manifeste sur la proportion de ces sels indifférents sous le rapport de la potabilité des eaux, mais dont l'action est considérable au point de vue du rôle que l'eau joue dans l'agriculture. Ainsi les agriculteurs de Bourbonne ont remarqué, disent-ils, que l'eau de Montlétang *fait pousser de mauvaise herbe.* Et certes, l'expérience de l'homme des champs doit être prise en sérieuse considération : car si les théories de nos amis les agriculteurs ne sont pas aussi savantes que celles des chimistes, la pratique de leur rude profession leur donne presque toujours un jugement droit et des traditions généralement bien consacrées par leur longue habitude d'observer les phénomènes si intéressants de la végétation.

Je ne parlerai que brièvement de l'analyse de l'eau par l'hydrotimétrie, ou moyen de lire, presque aussi facilement que sur une échelle thermométrique, le degré de minéralisation d'une eau potable ou non. Les résultats que donne l'appareil hydrotimétrique sont d'ailleurs de 11° — moyenne des eaux de Beauregard et des sources voisines — et de 39° pour les eaux de Montlétang. Trois fois moins de calcaires au bénéfice de Beauregard !

J'ai mieux aimé dire : voilà des moyens d'investigation, essayez-les, que de donner ici les résultats chiffrés d'une analyse dont on pourrait critiquer la valeur mathématique (1).

Je résume ici mon travail et j'avance hautement et absolument ces deux propositions inattaquables :

L'eau de Montlétang est chimiquement bien inférieure, comme boisson, à l'eau de Beauregard.

L'eau de Montlétang ne peut pas soutenir, non plus, la comparaison avec l'eau de Beauregard au point de vue de son application, dans la sphère domestique.

Si les données que je viens de fournir pour qu'on puisse contrôler mes assertions et pour arriver à comparer analytiquement, comme je l'ai fait moi-même, à plusieurs reprises, les eaux de Beauregard et de Montlétang, si ces indications classiques ne suffisaient pas à satisfaire MM. les membres du Conseil municipal de Bourbonne, il ne me resterait qu'à briser ma plume, ou à rechercher si, d'aventure, mon opinion serait isolée.

---

(1) Lavoisier, Berthollet, Fourcroy, le baron Thénard, Gay-Lussac, Orfila, Dumas, Regnault, Malaguti, en France, le grand Berzélius en Suède, le baron de Liébig en Allemagne, voilà les princes de la science, voilà les hommes illustres dont les ouvrages impérissables ont fourni à nos expériences un témoignage net, précis, décisif, et irrécusable. C'est sur les théories de ces colosses que nous nous appuierons pour répliquer si l'on ose nous contredire.

Un rapport très-soigneusement élaboré a été fait sur cette question de premier ordre par M. Girard, ingénieur civil, sous l'administration de M. le docteur Magnin, à qui revient l'honneur de l'initiative.

Je n'ai pas la mission d'exposer ici le plan que ces Messieurs avaient préparé, mais je dois rendre hommage à la vérité en disant que leurs idées étaient conformes au bon sens, d'une part (et même à notre époque, le bon sens ne devrait être pour personne un ornement de luxe) ; puis j'ajouterai, d'autre part, que leurs projets étaient subordonnés à toutes les exigences, hygiéniques, topographiques et financières de la situation.

En d'autres termes, et pour condenser ma pensée, j'aborderai la question sous une autre face, et je dirai :

1° La ville de Bourbonne possède-t-elle des sources *d'eau froide de bonne qualité ?*

— Oui.

2° Ces sources sont-elles *assez abondantes* pour alimenter la ville ?

— Oui.

3° Sont-elles *plus abondantes* que celles qui ont été l'objet des préférences de l'administration actuelle ?

— Oui encore.

4° La valeur hygiénique de ces sources est-elle plus élevée que celle de l'eau qu'on nous amène aujourd'hui ?

— Oui, incontestablement oui !

5° Les *considérations financières* (auxquelles mon travail pourrait, à la rigueur, rester étranger, mais qu'il est toujours utile de controverser), ces considérations étaient-elles assez puissantes pour faire tomber encore le choix de l'administration sur les eaux de Beauregard ?

— Oui, puisque la dépense en faveur des projets qui concernaient Beauregard eût été *deux fois moindre*, à dire d'experts ; *(deux fois moindre*, car il faut compter les dépenses nécessitées par l'acquisition, par l'établissement, par l'entretien et les réparations fréquentes de la machine à vapeur et des réservoirs qu'elle est appelée à desservir).

Pourquoi l'opinion de M. le Maire n'a-t-elle point alors succombé sous toutes ces raisons victorieuses ?

Cur nobis hæc impendia fecit ? (Virgile).

Daignez répondre, Messieurs du Conseil municipal, daignez nous éclairer ! Car vous êtes nos intendants, nous vous avons choisis pour vous prier de gérer le plus habilement possible nos petites affaires, et, sans vous compromettre, je crois que vous nous devez quelques légères confidences sur *la santé douteuse de vos budgets hydropiques !....*

Ce n'est pas à moi de soulever le voile qui enveloppe cet impénétrable mystère devant lequel je m'arrête interdit, et j'avoue, comme tout le monde, que je ne possède aucun document pour interpréter et résoudre cette question formidable.

Ah ! si ! pardon, attendez : c'est l'extrait d'un *rapport d'un inspecteur général des ponts et chaussées sur un projet de distribution d'eau dans la ville de Bourbonne-les-Bains (Haute-Marne.)*

Je dois ce petit mémoire à l'obligeante indiscrétion d'un ami, et je vous dirai tout bas que j'en compte beaucoup qui pensent comme moi, à Bourbonne, au sujet de *vos fontaines,* Messieurs.

Après les considérations d'usage sur la richesse du terri-
toire en sources froides, telles que celles de Montillot qui mar-
quent 137° à l'hydrotimètre, celle qui alimente la fontaine de
la place des Bains, qui marque 59°, M. l'ingénieur rapporteur
dit « *que des recherches ont été faites pour le captage des eaux*
« *de Beauregard sous les administrations municipales précé-*
« *dentes, en vue d'assurer à tous les quartiers de la ville une*
« *suffisante distribution d'eau propre à la consommation mé-*
« *nagère. Mais que M. le Maire actuel allègue que les sources*
« *des bois, malgré leur qualité supérieure* (1), *doivent être*
« *abandonnées parce qu'elles tarissent pendant la moitié de*
« *l'année, et que la difficulté de réunir les sources des bois en*
« *un collecteur commun, nécessiterait l'exécution de travaux*
« *dont la dépense serait hors de proportion avec les résultats*
« *à obtenir.*

Ici nous sommes obligé de dire très-respectueusement à
M. le Maire que les conclusions de M. l'ingénieur Girard sont
diamétralement opposées aux siennes, et que celles-là nous
servent d'appui pour infirmer catégoriquement les allégations
erronées de M. le Maire, à cet égard.

Enfin, M. le rapporteur résume ses appréciations ainsi qu'il
suit :

« *Avant tout, dit-il, une observation essentielle est à faire,*

(1) Le rapport de M. Tonnet, fait au Conseil municipal dans sa séance
du 23 mai 1863, page 5, dit formellement : « *On avait remarqué, dans les
grands bois de Bourbonne, que de nombreux filets plus ou moins impor-
tants donnaient des eaux de la plus excellente qualité* (sic) ; *on soumit
ces eaux à plusieurs expériences comparatives, soit pour leur nature, soit
pour leur volume. Ces expériences avaient donné des résultats qui, au
point de vue de la qualité, ne laissaient rien à désirer, mais qui n'étaient
pas aussi satisfaisantes au point de vue de la quantité.* »

« au sujet de la qualité des eaux de Montlétang. Une eau
« qui marque 39° à l'hydrotimètre est généralement réputée
« fort médiocre : elle est dure, d'une digestion difficile, peu
« propre aux usages domestiques, et elle incruste rapidement
« les tuyaux de conduite. Il n'en serait pas moins fort regret-
« table d'autoriser la ville de Bourbonne à faire des dépenses
« importantes pour se constituer tout un système de distribu-
« tion sur l'emploi de cette eau, si, à prix égal, ou moyennant
« quelques légers sacrifices de plus, il était possible d'alimen-
« ter cette ville d'eau de qualité bien supérieure. »

Voilà donc M. l'Ingénieur des ponts et chaussées qui avait
formulé son avis, le 5 juillet 1864, en ces termes accablants
pour le projet de M. le Maire, et malgré cette autorité spé-
cialement placée pour juger une question si grave, M. Tonnet
se hâte de passer outre et d'imposer à notre pays *(déjà deux
fois malheureux dans ses tentatives pour acquérir de bonne
eau potable)*, une dépense de 150,000 fr. pour nous doter
d'une eau *fort médiocre*, dit M. l'Inspecteur des ponts et
chaussées, *et comparativement mauvaise*, selon moi. Les ignorants disent non, mais nier n'est pas répondre (1).

Qu'on me pardonne la rude franchise avec laquelle j'ai
mis le doigt sur le mal. J'exprime mes sentiments sans les

______

(1) On appelle *ignorants*, ces Messieurs qui ont cru faire de fortes études en passant ces premières années de leur jeunesse derrière un bil-
lard, entre une multitude de choppes de bière et d'innombrables ciga-
rettes !

On appelle *ignorants*, ces mêmes individualités fragiles qui, plus tard
installées, copient servilement des phrases empruntées à divers auteurs,
cimentent leurs larcins littéraires avec quelques commentaires baroques,
assaisonnés de trois ou quatre fautes de français à la page, et livrent le tout

déguiser par les artifices du langage : car je pense, contrairement au proverbe mensonger, que *toutes les vérités d'ordre général sont bonnes à dire, et doivent être dites dans l'intérêt de tous.*

Quant à nous, jeunes gens, ne croyons pas ces esprits moroses qui parlent toujours de l'immoralité du siècle sans rien faire contre elle, qui nous conseillent d'accepter la sottise sous prétexte qu'elle est incurable, et qui proclament l'humanité déchue parce qu'ils jugent de sa vigueur d'après leurs fibres relâchées ! Ne ralentissons pas notre course parce qu'un paralytique ne pourra plus nous suivre, et marchons tout seuls quand notre guide cataracté ne saura plus nous conduire ! Croyons au vrai, au bien, au beau, comme dit Platon, à tous ces sentiments qui élèvent l'âme et qui la soutiennent contre les passions mauvaises ! C'est une philosophie préférable à l'hypocrisie de bon ton qui court les rues, de nos jours, et que certains personnages ont l'impudence d'enseigner aux jeunes hommes comme un moyen de parvenir !

On nous traitera de poètes, d'artistes, de rêveurs, de révolutionnaires, comme si nous touchions à l'Arche-Sainte, parce que nous osons signaler à haute voix les erreurs tombées d'une chaire officielle !

à des publications périodiques en s'imaginant qu'ils ont commis un chef-d'œuvre. Votre chef-d'œuvre, ô nullité arrogante, n'est qu'un *pensum d'écolier !*

Voici trois préceptes qu'un bon père de famille devrait couler tout doucettement dans l'oreille de son fils qui sort du collége :

« 1° Etudiez beaucoup, mon ami,

« 2° Etudiez encore,

« 3° Etudiez partout et toujours.

Parce que c'est *le seul moyen connu* pour n'être la dupe de personne, pour aider vos semblables, et pour vous consoler quand vous aurez des chagrins. »

On nous traitera peut-être de minorité factieuse, d'hommes dangereux pour l'ordre public, car vous savez que fort souvent,

« Qui méprise Cotin n'estime point son roi,
« Et n'a, selon Cotin, ni Dieu, ni foi, ni loi ! »

Quelques gérontes impurs, dont le péché mignon a toujours été d'arrondir, vite et largement, leurs affaires au milieu de la détresse publique, crieront au scandale de toute la force de leurs vieux poumons, et nous couvriront de loin de leurs stériles anathèmes et de leurs jalouses fureurs !

Riez-en, Messieurs, car vous n'en serez pas moins de bons citoyens dévoués à votre pays natal, dévoués à la cause sacrée de cette classe laborieuse et souffrante dont la destinée s'améliorera d'ailleurs par les sympathies puissantes que le gouvernement de l'Empereur lui témoigne chaque jour.

Riez-en, Messieurs : car aucune calomnie ne saurait vous avilir, aucune tyrannie ne pourra vous atteindre.

Et dans votre vie libre et fière, exempte de ces considérations *d'intérêts de famille* que vos adversaires n'auront jamais l'occasion de vous opposer, n'oubliez pas que vous devrez faire de la justice *une mesure invariable* avec laquelle vous toiserez, sans crainte, toutes les ambitions, toutes les aptitudes et tous les appétits !

S. VITREY.

Bourbonne, 15 juillet 1865.